Tote Last

AF239075

RUDI MÜLLENBACH

TOTE LAST

BITZE UND SCHRADER

ERMITTELN IM KLEINWALSERTAL

Ventura Verlag
Werne
2019

Bibliographische Information der Deutschen Nationalbibliothek
Die Deutsche Nationalbibliothek verzeichnet diese Publikation
in der Deutschen Nationalbibliographie; detaillierte bibliographische Daten sind im Internet über http://dnb.ddb.de abrufbar.

© Rudi Müllenbach
Alle Rechte vorbehalten. Kein Teil des Werkes darf in irgendeiner
Form (durch Fotografie, Mikrofilm oder ein anderes Verfahren)
ohne schriftliche Genehmigung des Verlages reproduziert oder
unter Verwendung elektronischer Systeme verarbeitet, vervielfäl-
tigt oder verbreitet werden.

Alle Handlungen und Figuren sind rein fiktiv, die Orte existieren
natürlich.

Besuchen Sie uns auch auf Facebook:
https://www.facebook.com/VenturaVerlag

3. Auflage 2025
Ventura Verlag Magnus See
Carl-von-Ossietzky-Str. 1 | 59368 Werne
Tel.: +49–(0)2389–6896 | www.ventura-verlag.de

Herstellungsleitung und Lektorat: Magnus See, M.A.
Druck und Bindung: PRESSEL Digitaler Produktionsdruck
Olgastraße 14-16 | 73630 Remshalden-Grunbach
ISBN: 978-3-940853-66-0
Printed in Germany

Der Schrei durchbrach die morgendliche Stille auf der *Bühlalpe*, dem romantischen Berggasthof 1480 Meter oberhalb des idyllischen Dorfes Mittelberg inmitten des Kleinwalsertals.

Kriminalhauptkommissar Udo Bitze aus Bottrop, der mit seiner Lebensgefährtin Ellen Schrader für ein paar Tage der Hektik des Alltags entfliehen wollte, schreckte in seinem Bett auf. Mit einem Satz war er am Fenster ihres gemütlichen Zimmers im oberen Stock und sah Regina, die Frau ihres Gastwirtes Horst, die vor dem Lastenaufzug stand, der morgens und abends ihre Ware vom Dorf hinauf auf den Berg brachte. Starr vor Schreck und unfähig etwas zu sagen stand sie da. Schnell kleidete Bitze sich an und war schon an der Tür, als Ellen Schrader die Augen aufschlug und ihn überrascht ansah.

»Was ist los, Liebling?«

»Ich weiß es nicht. Irgendetwas muss passiert sein, denn ich habe Regina schreien gehört und jetzt steht sie regungslos vor dem Lastenaufzug am Schuppen. Vielleicht kann ich helfen.«

Als Bitze die kleine Holztreppe herunterlief, kam ihm Horst entgegen, der auch den Schrei gehört hatte. Gemeinsam eilten sie zu Regina, die immer noch wie eine Salzsäule vor dem Aufzug stand.

Schon aus einiger Entfernung sah Bitze, dass diesmal keine Ware im Lastenaufzug lag. Was er sah, war der Körper einer jungen Frau, die dort seltsam verrenkt lag. Da gab es keinen Zweifel. Diese Frau war nicht freiwillig in den Aufzug gestiegen – und auch nicht lebendig.

Horst nahm Regina in den Arm und führte sie etwas zur Seite. Bitze betrachtete den Körper der Frau. Er schätzte sie auf Mitte zwanzig, mit hübschem, ebenmäßigem Gesicht und langen, schlanken Beinen, die bis zu den Schenkeln zu sehen waren. Nur das hässliche Loch in ihrer Stirn störte das Gesamtbild. Daheim in Bottrop hätte Bitze jetzt die Spurensicherung und den Gerichtsmediziner Doktor Weidenbach gerufen, aber er war in Österreich und ohne jegliche Befugnis. Aber sein kriminalistisches Hirn begann sofort zu arbeiten. Er drehte sich zu Regina und Horst.

»Kennt ihr die Frau zufällig?«

Die beiden Wirtsleute, die mit ihrer freundlichen und gutmütigen Art über die Grenzen des Tales hinaus bekannt waren, schüttelten nur mit dem Kopf.

»Wer ist als Nächster polizeilich für euch zuständig?«, fragte er.

Horst runzelte die Stirn. »Das müsste die Polizeiinspektion in Hirschegg sein«, meinte er, »soll ich dort anrufen?«

»Ja, bitte und bis dahin sollten wir alles so lassen und versuchen, dass die anderen Gäste nicht so viel mitbekommen. Ich werde hier auf die Kollegen warten.«

Mittlerweile war auch Ellen Schrader aus dem Haus gekommen und warf einen Blick auf die Tote. »Eine schöne Frau«, sagte sie und erfuhr von Bitze, dass die Tote wohl nicht aus dem Tal stammte. Dann wäre sie Horst und Regina bekannt gewesen.

»Wahrscheinlich eine Touristin«, vermutete Bitze, und das würde es für die Kollegen hier nicht einfacher machen, bei der großen Anzahl der Ski- und Wanderfreunde, die regelmäßig das Tal bevölkerten.

»Woran denkst du?«, fragte Ellen, die den Gesichtsausdruck, den Bitze gerade zur Schau trug, zur Genüge kannte.

»Sieht auf dem ersten Blick nach einem Sexualdelikt aus. Heute ist Sonntag und eine so hübsche, junge Frau hat den gestrigen Abend wahrscheinlich nicht allein in irgendeinem Hotelzimmer in Riezlern Hirschegg, Mittelberg oder Baad verbracht.«

»Aber warum dann der Lastenaufzug? Da hätte man die Leiche doch wesentlich geheimer verschwinden lassen können?«

»Gute Frage. Erinnerst du dich an den Toten im Stenkhoffbad vor einigen Jahren? Den hatte man uns doch auch auf dem Präsentierteller serviert, als Zeichen und Warnung sozusagen.«

»Könnte das der Anfang einer Serie sein und der Täter will damit etwas über das Verhalten der Menschen, vor allem der jungen Frauen im Alpinvergnügen aussagen?«

Bitze dachte gerade noch über Schraders Gedanken nach, als ein Rettungs-ATV der Bergwacht mit einem uniformierten Mann vorfuhr. Bitze schätzte den Kollegen auf Mitte 40 und er machte sofort einen sympathischen Eindruck auf die beiden Bottroper.

»Bezirksinspektor Franz Leitner, Polizeiinspektion Kleinwalsertal aus Hirschegg«, stellte er sich vor und sein kräftiger Händedruck imponierte Bitze und Schrader.

»Wer sind Sie und wer hat die Tote entdeckt?«

Bitze gefiel auf Anhieb die Art des Kollegen, der ohne große Umschweife zur Sache kam. Er stellte sich und seine Lebensgefährtin vor und wies daraufhin, dass Regina, die dem Kollegen aus Hirschegg bekannt war, als erste die Tote entdeckt hatte.

Leitner wandte sich an Regina, die immer noch den Schutz des Armes ihres Mannes suchte. »Wir sprechen später, wenn es recht ist.« Regina nickte und Tränen liefen ihr die Wangen hinunter. Leitner schaute Bitze etwas verblüfft an. »Was machen ein Hauptkommissar und eine Staatsanwältin aus Bottrop an so einem Morgen hier auf der Alpe?«

Bitze lächelte. »Eigentlich wollten wir nur ein verlängertes Wochenende hier an diesem herrlichen Ort ausspannen und am kommenden Mittwoch wieder nach Hause fahren. Aber wenn unsere Hilfe gebraucht wird, helfen wir gern.«

Leitner grinste.

»Schau'n mer mal«, antwortete er, den ›Kaiser‹ zitierend.

Dann zog er sich ein paar Hygienehandschuhe über, beugte sich über den Lastenaufzug und inspizierte die Leiche. Er drehte den Körper etwas zur Seite und schob den Rock der Toten etwas höher. Was Bitze schon vermutet hatte, wurde Gewissheit. Die tote Frau trug keine Unterwäsche.

Leitner blickte auf und schaute Bitze an. »Das sieht nach einem Sexualverbrechen aus.«

»Das habe ich auch schon vermutet«, pflichtete Bitze ihm bei und fragte: »Was geschieht jetzt?«

»Ich werde die Tote nach Innsbruck in die Gerichtsmedizin fliegen lassen. War es ein Unfall oder Mord? Stand die Tote unter Drogeneinfluss? Gibt es eine DNA-Spur? Das sind die Fragen, die sich mir stellen und auf die ich Antworten der Gerichtsmediziner brauche.«

Bitze war begeistert. Dieser Polizeiinspektor verstand seine Arbeit. Auch Ellen Schrader nickte ihm anerkennend zu. Bitze war gespannt, wie in diesem schwierigen Gebiet der Abtransport gelingen würde.

Mittlerweile hatten sich etliche Wanderer eingefunden, die immer neugieriger zum Lastenaufzug blickten. Schnell hatte Leitner aber auch hier für Ordnung gesorgt und mit Bitzes Unterstützung den Ort abgeriegelt. Jetzt galt es, auf den Hubschrauber der Bergwacht zu warten, der die Leiche der jungen Frau nach Innsbruck fliegen würde.

In der Zwischenzeit unterhielt sich Leitner mit Regina, die sich langsam von ihrem Schock in der Morgenstunde erholte. Am besten sollte sie sich zügig wieder um das Tagesgeschäft und ihre Gäste kümmern, hatte ihr Leitner geraten. Auch die Sonne hatte mittlerweile Stellung über der wunderschönen Alpe bezogen und schnell waren alle Tische auf der gemütlichen Terrasse bezogen. Keiner nahm mehr Notiz von einer toten Last im Aufzug.

Bitze sah als Erster den Helikopter, der langsam über der Alpe niederging. Anerkennend stellte Bitze fest, dass die Piloten der Bergwacht ihr Handwerk richtig gut beherrschten und trotz des unebenen Geländes landete der Heli unweit der Alpe. Zwei Männer stiegen aus, die eine Trage mit sich führten. Auf der Trage lag ein zusammengerollter, dunkler Sack, in den die Männer den Leichnam der jungen Frau legten. Leitner wechselte noch ein paar Worte mit beiden und schon war der Helikopter wieder in der Luft.

Der Bezirksinspektor bat Bitze, am Nachmittag in die Inspektion nach Hirschegg zu kommen, um seine Aussage zu Protokoll zu bringen, wobei Regina und Horst ihn begleiten könnten. Gern würde Bitze dieser Bitte nachkommen, zumal die Arbeit des Kollegen hier in diesem kleinen, romantischen Tal sein Interesse geweckt hatte. Bei dieser Gelegenheit nahm er sich vor, sich ein eigenes Bild von den Gegebenheiten vor Ort zu machen.

Ellen Schrader schien seine Gedanken zu erraten und meinte lächelnd: »Halt dich bitte da raus, mein Schatz. Das hier ist Mittelberg und nicht Bottrop.«

Bitze grinste und setzte sich an einen frei werdenden Tisch, um die Spezialität des Hauses, Horsts ›weltberühmten Kaiserschmarrn!‹ zu genießen. Der schmeckte auch schon morgens.

***

Zu dieser Zeit saß er auf dem Balkon der kleinen Pension im Tal und las zum wiederholten Male seinen Lieblingsvers aus Kolosser 3; Vers 5: »So tötet nun die Glieder, die auf Erden sind, Unzucht, Unreinheit, schändliche Leidenschaft, böse Begierde und die Habsucht, die Götzendienst ist.«

Da stand es schwarz auf weiß und er wusste, dass die Zeit gekommen war, dieses umzusetzen. Am Abend hatte er sie dann gesehen, die schändliche Leidenschaft in ihren Bewegungen und Gesten.

Liebevoll begann er seine kleine Handfeuerwaffe zu reinigen, schraubte den Schalldämpfer ab und zerlegte sie in alle Einzelteile. Ihr Gesicht fiel ihm ein, wie er ihr den Revolver vor den Kopf gehalten hatte. Er hatte gedacht, sie würde anfangen zu flehen oder zu winseln, aber sie hatte ihn nur aus schreckgeweiteten Augen angesehen. Ihm hatte es nichts ausgemacht, abzudrücken. Hatte es Paulus ihm nicht genauso aufgetragen? ›Tötet …‹

12

Mittlerweile wird man den Aufzug mit der toten Last gefunden haben, dachte er und ein diabolisches Grinsen machte sich auf seinem Gesicht breit. Heute Nacht würde er wieder auf die Jagd gehen und die Welt von schändlichen Götzendiensten reinigen. Er würde der Welt zeigen, wie man mit Unzucht und schändlichen Begierden verfährt. Langsam schraubte er seine Waffe wieder zusammen und legte sie in den kleinen Nachtschrank. Zeit, sich hinzulegen und Kraft für den Abend zu tanken. Dann würde das M & M, die Bar wo sich das junge Volk trifft, in Riezlern sein Ziel sein, wo die Begierde Nacht für Nacht sichtbar war.

***

Am frühen Nachmittag machten Regina, Horst und Bitze sich auf den Weg ins Tal. Ellen Schrader hatte beschlossen, eine kleine Wanderung über den Höhenweg zur Sonna Alp und zurück zu machen, nicht ohne Bitze einen warnenden Blick mit auf den Weg zu geben. Bitze kniff ihr ein Auge zu und setzte sich hinter Horst auf das Quad, das sie den Berg hinunterbringen würde. Horst liebte es, rasant zu fahren, und Bitze hatte mehrfach das Gefühl, der Kaiserschmarrn würde sich wieder aus seinem Magen verabschieden, aber schließlich kamen sie ohne Zwischenfälle im Tal an. Bezirksinspektor Leitner erwartete sie bereits. Nachdem Bitze das kurze Protokoll unterschrieben hatte, erkundigte er sich, ob die Gerichtsmedizin schon etwas herausgefunden hatte. Leitner grinste ihn an. »Na, Herr Kollege, höre ich da die kriminalistische Neugier heraus?«

Bitze schmunzelte. »Fälle, die so beginnen, wecken immer meine Instinkte. Die Präsentation der Leiche ist zu auffällig. Da will der Täter bewusst auf etwas hinweisen und ich befürchte, dass das noch nicht das letzte Opfer gewesen sein wird.«

Leitner kratzte sich am Hinterkopf. »Innsbruck hat mir mitgeteilt, dass bei der toten Frau im Schambereich ein Kreuz eingeritzt wurde, was immer das auch bedeuten soll. Es hat definitiv keinen Geschlechtsverkehr gegeben, das ist sicher, und man hat keine entsprechenden Spuren gefunden.«

Bitze nickte. »Das Kreuz deutet wohlmöglich auf einen religiösen Hintergrund hin. Anscheinend macht sich jemand auf den Weg, sündhaftes Tun zu bestrafen. Solche Fälle hat es in unterschiedlichen Formen schon immer gegeben.«

»Ich habe vorsorglich um Verstärkung gebeten und ein Polizeikommissar aus Wien soll heute Abend noch eintreffen, um sich ein aktuelles Bild der Lage zu machen.«

»Eine gute Idee«, befand Bitze, »denn ich darf hier ja nicht ermitteln. Aber wenn Hilfe und Rat gebraucht werden, haben Sie ja meine Nummer.«

Regina und Horst hatten in der Zwischenzeit einige Einkäufe erledigt, denn den Lastenaufzug wollten sie fürs Erste nicht benutzen.

Auf der Rückfahrt ließ Bitze das Kleinwalsertal auf sich wirken und stellte fest, wie schön doch dieses Fleckchen Erde war. Er hatte längst beschlossen, in Zukunft hier des Öfteren zu verweilen. Vorausgesetzt, Ellen Schrader würde seine Begeisterung teilen.

Auch die Fahrt bergauf verlangte alles von Bitzes Magennerven ab und ziemlich blass stieg er am Ziel vom Quad.

»Alles gut?«, erkundigte sich Horst und grinste verlegen.

Bitze atmete tief durch und setzte sich zu Ellen Schrader, die auch erst kurz vorher von ihrer Wanderung zurückgekehrt war, auf die Sonnenterrasse. Beide waren sich einig. Jetzt erstmal ein Büblebier und einen Hausschnaps.

Nachdem ihnen beides serviert worden war, schilderte Ellen voller Begeisterung ihren wunderschönen Spaziergang, bei dem sie immer wieder das herrliche Bergpanorama genossen hatte.

»Zeitweise war ich völlig allein unterwegs, nur einmal ist in meinem Rücken ein weiterer Wanderer aufgetaucht. Sein hechelnder Atem war immer näher gekommen. Der war mir schon etwas unangenehm«, gestand sie ihrem Partner. »Außerdem werde ich das Gefühl nicht los, diesen Mann in Bottrop schon einmal gesehen zu haben. Ich kenne den.« Bitze musste grinsen. »Nun grins nicht so«, erwiderte sie und stieß ihm den Ellenbogen in die Rippen.

»Aua«, entfuhr es dem Kommissar, der trotzdem weiter lächelte. Natürlich nahm er den Einwand seiner Liebsten ernst, denn Ellen Schrader hatte, genau wie Bitze, einen ähnlich funktionierenden Instinkt, was das Verhalten anderer Menschen anging.

»Das war schon ein komischer Kauz und ich war froh, als endlich die Bühlalpe auftauchte«, meinte Ellen und küsste Bitze auf die Wange.

Der wurde ernst und berichtete von den Erkenntnissen der Gerichtsmedizin.

»Ein gefährlicher religiöser Spinner«, entfuhr es Ellen Schrader, »der es bestimmt nicht bei einer Aktion belassen wird.«

»Es sei denn, er ist weitergezogen und hat das Tal verlassen.«

»Wie dem auch sei, es ist nicht unser Fall und damit genug.« Ellen prostete ihm zu, trank aus und wollte sich zunächst erstmal frisch machen. Bitze blieb allein, mit einem Kopf voller Gedanken, zurück.

Horst setzte sich zu ihm. »Was meint der Kommissar? Müssen die Frauen im Tal jetzt Angst haben?«

»Ich weiß es nicht.« Bitze runzelte die Stirn. »Es hat natürlich schon oft solche Fälle gegeben und ich hoffe, dass es hier im Tal nicht zu einer Mordserie kommt. Damit wäre der gute Bezirksinspektor allein ziemlich überfordert. Aber es soll ja schon Hilfe aus Wien unterwegs sein.«

Mittlerweile waren dunkle Wolken aufgezogen und die beiden Männer beschlossen, lieber ins Haus zu gehen.

***

Er hatte zwei Stunden geschlafen, als ihn ein Geräusch weckte. Zunächst dachte er, dass jemand an seiner Tür wäre, und seine Alarmglocken schrillten. Lautlos glitt er aus seinem Bett und schlich zur Tür. Aber da war nichts. Er schaute auf seine Armbanduhr. Kurz nach drei. Noch Zeit genug, um einen Abstecher in die Berge zu machen, dachte er, zog sich an und schloss leise die Tür.

Mit dem Bus fuhr er zur Talstation der Heuberg Arena nach Hirschegg, dann mit der Heubergbahn hoch auf den 1380 m gelegenen Wanderweg, um von da Richtung Sonna Alp zu wandern. Die klare Luft auf dem Berg, der Panoramablick und der Einklang mit der Natur ließen ihn jegliches böses Gedankengut vergessen. Hier hatte sein Schöpfer Großartiges geleistet.

Nach einer kurzen Rast auf der Sonna Alp ging er weiter zur Bühlalpe und das sollte der Endpunkt seiner Wanderung sein. Von dort würde er es irgendwie schon wieder ins Tal schaffen. In der Ferne sah er dunkle Wolken auftauchen und er beschleunigte seine Schritte. Da schien ein heftiges Gewitter zu nahen und er musste zusehen, Schutz zu finden. Auch die Frau vor ihm beschleunigte ihre Schritte, ohne sich nach ihm umzublicken. Beim ersten Donnergrollen erreichte er die Bühlalpe und auf seinem Gesicht zeichnete sich sein teuflisches Grinsen ab, als er unterhalb des Hauses einen Lastenaufzug sah, der ihm sehr bekannt vorkam.

Hier ist die Unzüchtige also angekommen.

***

Grelle Blitze durchzuckten den dunkel bewölkten Himmel und die gemütliche Alpe füllte sich schlagartig mit Wanderern, die es nicht mehr rechtzeitig zum Abstieg ins Tal geschafft hatten. Alle waren froh, im Schutz der Hütte zu sein.

Oberkellner Dieter, ein waschechter Berliner, den es in die Berge verschlagen hatte, eilte von Tisch zu Tisch, um die Bestellungen aufzunehmen.

Bitze und Schrader hatten es sich auf der Eckbank im hinteren Bereich der Gaststube gemütlich gemacht und beobachteten die Menschen, die ringsumher Platz nahmen.

Eine Gruppe junger Damen, deren T-Shirt-Aufschrift sie als Oldenburger Doppelkopfrunde enttarnte, setzte sich zu ihnen auf die Bank. Mit jedem Hausschnaps stieg der Stimmungspegel der munteren Gruppe. Ein Festival der Witze konnte man meinen, und eine Lachsalve jagte die andere.

Horst gesellte sich zu ihnen und hatte sichtbar Spaß an der munteren Damenrunde mit Polizeigesellschaft. Als sie zu späterer Stunde *Koa Hirtermadl* von Hubert von Goisern anstimmten, sangen alle am Tisch lauthals mit.

Keiner beachtete dabei den Mann, der aus einer anderen Ecke der Stube das muntere Treiben auf der Eckbank beobachtete.

Es widerte ihn an und er dachte an seinen Auftrag aus der heiligen Schrift. Vor allem die Frau, die neben dem Mann auf der Eckbank saß und um deren Schulter der Typ seinen Arm gelegt hatte, war ihm

schon auf dem Weg von der Sonna Alp hierher auf-
gefallen.

In einiger Entfernung war sie vor ihm hergegan-
gen und die Art, sich zu bewegen, hatte ihn gleicher-
maßen erregt und abgestoßen.

Mit jedem Schritt, den sie vor ihm machte, war
sein Entschluss gereift, dass sie es nicht verdient hatte
zu leben und sein nächstes Opfer sein würde.

Er konnte seinen Blick nicht von ihr abwenden
und langsam reifte ein Plan in seinem Kopf, wie er
es machen würde. Und eine Erinnerung kam lang-
sam in seine Gehirnwindungen gekrochen. Er hatte
diese Frau schon einmal gesehen. Vor langer Zeit in
Bottrop. Da hatte sie gemeinsam mit diesem Polizi-
sten in seinem Wohnzimmer gesessen.

Niemand im Raum nahm das diabolische Grin-
sen in seinem Gesicht wahr.

Die Liebhaberinnen des Doppelkopfspiels liefen
langsam aber sicher zu Hochform auf und ein
Witz jagte den nächsten:

»Hören Sie mal, warum läuft ihr Hund immer
in die Ecke, wenn es bimmelt? Es ist ein Boxer!!«

Bitze liefen die Tränen die Wangen herunter
und er konnte sich nicht erinnern, wann sie zuletzt
so einen lustigen Abend verbracht hatten. Auch
Ellen Schrader genoss die Stimmung, wenngleich
ihr der komische Typ, der schräg von ihnen al-

lein an einem Tisch saß, nicht geheuer vorkam. Der war ihr schon auf ihrem Spaziergang unangenehm aufgefallen, als er ihr immer nähergekommen war. Sie konnte nicht genau sagen, was es war, aber irgendetwas ging von diesem Mann aus und das beunruhigte sie. In Gedanken ging sie ihre offenen Akten durch. Dieses Gesicht … Kannte sie ihn wirklich aus Bottrop oder hatte er nur ein Allerweltsgesicht? Irgendwie schwirrte ihr dieser nicht abgeschlossene Heckenschützen-Fall im Kopf herum. Sollte dieser Mann etwa …? Sie war sich nicht mehr sicher, wollte aber bei der nächsten Gelegenheit mit Bitze darüber reden. Doch heute Abend wollte sie Bitzes blendende Laune nicht stören und behielt ihren Eindruck zunächst mal für sich. Kurz hatte sie überlegt, ob sie Bitze sagen sollte, dass dies der Mann war, der ihr am Nachmittag schon aufgefallen war. Aber auch das behielt sie zunächst für sich.

Draußen tobte weiterhin das heftige Gewitter und Horst hatte vorsichtshalber Kerzen auf den Tischen verteilt, denn nicht selten kam es bei einem solchen Unwetter zu einem Stromausfall auf der Hütte.

Langsam machten sich die Damen aus Oldenburg schon Gedanken, wie sie es überhaupt noch ins Tal schaffen sollten. Regina und Horst gelang es relativ schnell, sie zu beruhigen. Notfalls würde es Übernachtungsplätze für alle geben. Bitze und Schrader hatten diese Sorge nicht und bereuten keine Sekunde, ihre Auszeit im Kleinwalsertal fernab von Bottrop genommen zu haben.

Bitze hatte am Abend noch mit seinem Freund und Kollegen Beckbach in der Heimat telefoniert, der ihm versichert hatte, dass es in Bottrop mal nicht kochte und auch keine Leichen in Taubenschlägen lägen. Bitze hatte von der toten Frau im Lastenaufzug erzählt.

»Lass das die Leute vor Ort machen und genießt eure Zeit«, hatte Beckbach ihm als Rat zum Ende des Gesprächs gegeben.

Bitze sah Ellen Schrader von der Seite an und glaubte, in ihrem Gesicht eine leichte Anspannung zu bemerken.

»Alles in Ordnung, mein Liebling?«, flüsterte er ihr ins Ohr, als das Lachen über einen erneuten Witz der Ladies verklungen war.

»Alles gut«, erwiderte sie und stand auf, um kurz zur Toilette zu gehen.

»Nun schau doch nicht so traurig«, meinte die junge Oldenburgerin neben ihm, »sie kommt doch gleich wieder.« Schnell ließ sie einen weiteren Witz folgen. »Der ist für dich Horst: Kommt ein Schornsteinfeger in die Kneipe. Sagt der Wirt: Der geht aufs Haus.«

Bitze entspannte sich.

Am Tisch schräg gegenüber nahm er mit Genugtu-
ung wahr, dass die Frau aufstand und die Gaststube
verließ. Langsam erhob er sich und versuchte, ihr so
unauffällig wie möglich zu folgen. In diesem Mo-
ment gab es einen heftigen Donner, der die Hüt-
te erbeben ließ und auf einen Schlag erloschen alle
Lampen. Niemand bemerkte, dass er einen Stuhl
umschmiss und den Raum verließ.

Oberkellner Dieter schaffte zusätzliche Kerzen
herbei, und bei dem gemütlichen Licht kam so
etwas wie eine weihnachtliche Stimmung auf.
Dies nahm der Oldenburger Kartenkreis auf, um
noch schnell einen Spruch loszuwerden.

»Denkt nur, ich habe das Christkind gesehen.
Es kam aus dem Tannenwald, den Kopf voll
Hannen Alt!«

Horst spendierte noch eine Runde, und da
konnte der Donner grollen, wie er wollte.

Nur Bitze wurde unruhig. Ellen kam nicht zurück. Das hatte er vor einigen Jahren schon einmal erlebt und hätte seine Partnerin damals fast
das Leben gekostet.

»Ich brauche eine Taschenlampe«, meinte er
und schon machte sich Dieter auf den Weg, um
eine zu besorgen.

»Stimmt was nicht?«, fragte Horst und sogar die Oldenburger Kartenkünstlerinnen schwiegen.

»Ich will nur nach Ellen schauen«, erwiderte Bitze und stand auf. Am Tresen im Vorraum stand Regina und gab Bitze ein Zeichen.

»Da ist grade ein Typ ziemlich hektisch Richtung Toilette gerannt und ich dachte noch, der hat es aber eilig, obwohl er so gut wie nichts getrunken oder gegessen hat. Ein komischer Kauz, der mir schon komisch vorkam, seitdem er hier aufgetaucht war. Setzte sich allein an den Tisch, nahm überhaupt keinen Anteil am Leben in der Stube und schaute nur immer grimmig zu euch rüber.«

»Ist er schon wieder zurückgekommen?«, fragte Bitze und Regina schüttelte nur den Kopf. Ihr Blick allerdings verriet ihre Angst.

Bitze ging weiter Richtung Toiletten und rief nach Ellen. Er bekam keine Antwort. Hektisch schaute er in den Toiletten nach.

Horst kam ihm entgegen. »Was ist los?«

»Ellen ist weg.« Bitze spürte, wie sich sein Magen zuschnürte.

***

Es war ein Leichtes für ihn gewesen, die Frau zu überwältigen. Sein Angriff mit der kleinen Spritze hatte sie völlig überrascht, und ehe sie einen Laut

von sich geben konnte, hatte das Serum schon sei-
nen Dienst getan und sie war in seinen Armen zu-
sammengebrochen. Schnell hatte er sie sich über die
Schulter geworfen und durch den hinteren Ausgang
die Alpe verlassen. Heftiger Regen schlug ihm ent-
gegen und im Zucken der Blitze sah er den schwer
einsehbaren Waldrand, auf den er zulief. Völlig
durchnässt legte er die Frau unter eine Tanne und
betrachtete sie mit vernichtenden Blicken. Noch war
ihm nicht endgültig klar, wie er diesmal vorgehen
wollte. Langsam begann er, die Frau auszuziehen.
Das Licht des Blitzes, gepaart mit dem Grollen des
Donners, sorgte für eine schaurige Untermalung der
Szenerie.

Plötzlich glaubte er, eine Bewegung der Frau
wahrzunehmen und überlegte, sie direkt zu erschie-
ßen. Er griff in seine Jackentasche und erschrak.
Seine Pistole war nicht da. Hatte er sie auf dem
Weg hierher verloren? Panik überfiel ihn und er lief
schnell zurück Richtung Alpe. Ohne die Waffe Got-
tes war er hilflos, das wusste er.

***

In diesem Moment schlug Ellen Schrader die
Augen auf und spürte die Nässe und Kälte. Sie
konnte sich kaum bewegen. Instinktiv versuchte
sie, sich aus ihrer Verkrampfung zu lösen, und

ihre Überlebensinstinkte übernahmen die Regie. Sie musste den Schutz des Waldes suchen, Donner und Blitz zum Trotz. Auf allen Vieren kriechend schob sie sich durchs Dickicht und plötzlich umgab sie völlige Dunkelheit. Sie legte sich flach auf den Boden und beschloss, hier für den Moment auszuharren. Bitze würde sicherlich schon bemerkt haben, dass etwas nicht stimmte, und handeln. Das wusste sie und es gab ihr ein Gefühl von Beruhigung und Sicherheit.

Erst jetzt bemerkte sie, dass sie nur noch mit BH und Slip bekleidet war und schlagartig wurde ihr bewusst, dass sie dem Mörder der jungen Frau begegnet sein musste. Hoffentlich kam Bitze rechtzeitig.

Trotzdem konnte sie hier nicht bleiben und kroch weiter den Berg hinauf. Nur erstmal weg.

***

Horst zeigte auf die offene Tür. Bitze stürmte an ihm vorbei und prallte gegen die Wand des peitschenden Regens.

»Ellen!« Sein verzweifelter Ruf schallte durch die Dunkelheit.

Horst erschien neben ihm und hatte eine große Stablampe dabei, mit der er in die Dunkelheit leuchtete. Nichts. Ein weiterer Blitz erhellte die

Szenerie und für einen kurzen Augenblick glaubte Bitze, eine Bewegung am Waldrand wahrzunehmen.

»Da vorn«, brüllte er, »da ist jemand«, und rannte los.

Horst folgte ihm. Beide spürten nicht die Nässe, die in kürzester Zeit durch ihre Kleidung drang. Sie erreichten den Rand des Waldes. Da war niemand. Doch etwas anderes entdeckte Bitze, das dort auf dem Boden lag. Eine Pistole. Er hob sie auf und steckte sie ein. Seine Gedanken überschlugen sich. Wo war Ellen? Wer war dieser Typ, der Regina sofort aufgefallen war? Eine böse Ahnung kroch in ihm hoch und es war Horst, der sie bestätigte.

»Ich glaube, dass der Mörder der jungen Frau heute in unserer Gaststube war. Das ist unfassbar. Ich muss zurück. Was, wenn er mittlerweile wieder dort ist?« Schnell drehte er sich um und lief zurück zur Bühl.

Bitze war allein und seine Gedanken arbeiteten fieberhaft. Was, wenn Horst recht hatte und es tatsächlich der gesuchte Mörder war, der hier herumlief und womöglich Ellen in seiner Gewalt hatte. Wo war Ellen? Ruhe bewahren, Sicherheit ausstrahlen. Wann hatte er seinen Spruch zuletzt benutzt? Er zwang sich zur Ruhe und dachte nach: Die Pistole. Hatte der Mörder sie verloren und wollte sie suchen? Dafür sprach die Bewegung, die er am Waldrand wahrgenommen hatte. Dann musste der Typ noch in der Nähe sein.

Zum Glück war das Gewitter endlich vorübergezogen und es hatte aufgehört zu regnen. Langsam ging Bitze zurück zur Alpe. Er musste sich einen Plan überlegen und auf jeden Fall Bezirksinspektor Leitner einschalten.

Regina stand mit Oberkellner Dieter am Tresen, als Bitze zurück zur Bühl kam. Die letzten Gäste hatten sich auf ihre Zimmer zurückgezogen und die Doppelkopfspezialistinnen aus Oldenburg hatten sich entschlossen, noch runter ins Tal zu gehen. Horst hatte nicht lange gezögert, sie mit dem Quad ins Tal zu bringen. Man konnte nicht wissen, wo sich der Mann, der sie alle in Angst und Schrecken versetzt hatte, grade lauerte. Regina hatte Horst noch gewarnt, aber sie kannte ihren Mann. Den würde jetzt nichts und niemand aufhalten.

Bitze telefonierte mit Bezirksinspektor Leitner und schilderte ihm die Situation. Leitner versprach, so schnell wie möglich zur Bühlalpe zu kommen und eventuell den Kollegen Florian von Ritter-Zagony vom Landeskommissariat Wien mitzubringen.

***

Nass bis auf die Haut, frierend und am ganzen Körper zitternd lag Ellen Schrader zur gleichen Zeit hinter einem dichten Busch und versuchte, sich so wenig wie möglich zu bewegen. Sie lauschte in die Dunkelheit. Zum Glück war das Gewitter weitergezogen und es hatte aufgehört zu regnen. Sie glaubte, schlurfende Schritte zu vernehmen, und hielt den Atem an. Das Geräusch kam immer näher. Sie erinnerte sich an eine Situation in Holland, als sie von russischen Ganoven entführt worden war, sich auf ähnliche Art und Weise befreit hatte und schließlich bei einem freundlichen Bauern Unterschlupf gefunden hatte. Doch Holland war weit weg und hier gab es weit und breit keinen Bauernhof. Jetzt hörte sie das Rascheln ganz nah. Sie drehte den Kopf in die Richtung, aus der sie die Laute vernahm, und entdeckte einen Igel, der achtlos an ihr vorbeimarschierte. Trotz ihrer miesen Gesamtlage gelang ihr ein Grinsen.

– Ich muss mich bewegen, dachte sie, sonst bin ich bald verloren.

Sie spürte, wie ihre Kräfte langsam wiederkehrten. Noch einmal würde sie sich nicht überrumpeln lassen und der Mann, der sie in diese Situation gebracht hatte, würde keine zweite

Chance bekommen. Langsam stand sie auf und versuchte, sich zu orientieren. Sie entdeckte einen dicken Ast, der vor ihren Füßen lag, hob ihn auf und mit der Schlagwaffe in der Hand fühlte sie sich gleich sicherer. Dann machte sie sich auf den Weg, immer lauernd und lauschend auf das, was sich in ihrer Umgebung abspielte. Eigentlich müsste bald der Waldrand auftauchen, dachte sie, aber alles was sie sah, waren Bäume. Ging sie etwa in die falsche Richtung?

Sie spürte die Kälte am ganzen Körper und beschleunigte ihre Schritte. Doch ein Ende des Waldes war nicht in Sicht. Plötzlich vernahm sie ein erneutes Geräusch.

***

Nach seinem Telefonat mit Leitner und mit trockener Kleidung trat Bitze vor die Tür und überlegte, in welche Richtung der Mann Ellen gebracht haben konnte. Er hoffte, dass es ihr vielleicht gelungen war, sich zu befreien. Immerhin hatte der Mann anscheinend seine Pistole verloren.

Oberkellner Dieter tauchte neben ihm auf. »Ich komme mit«, sagte er und in seiner Stimme klang Entschlossenheit. Bitze hatte nichts dagegen, denn der gebürtige Berliner verfügte über die Ortskenntnisse, die sicherlich hilfreich sein würden.

Mit ihren Taschenlampen leuchteten sie den Waldrand ab.

»Wo sollen wir anfangen?« Bitze selbst glaubte, den Wald vor lauter Bäumen nicht zu sehen. Der pfiffige Oberkellner deutete nach links.

»Geh du da lang und dann immer geradeaus nach oben. Ich werde von der rechten Seite aus in den Wald gehen und dann müssten wir alles, was darinnen ist oder herauskommt, eigentlich finden.«

Langsam marschierten sie los und schon nach kurzer Zeit war Bitze allein, umgeben von der Dunkelheit des Waldes. Bei jedem Schritt lauschte er, ob irgendetwas zu hören war. Aber es blieb ruhig und Bitze drang immer tiefer in den Wald hinein. Hoffentlich geht der Plan des Kellners auf, dachte er und überlegte wann er das letzte Mal in einer ähnlich verzweifelten Situation gewesen war. Spontan fiel ihm keine ein. Zur Beruhigung summte er seinen Lieblingssong von Supertramp, *Give a little bit.* Eigentlich hatte er immer Mittel und Wege gefunden, selbst die schwierigsten Fälle zu lösen. Mit diesem Gedanken fasste er neuen Mut und war fest davon überzeugt, Ellen zu finden.

***

Er war wütend und zornig. Alles war schiefgegangen. Nicht nur, dass dieses Luder sich befreit hatte, er hatte auch noch seinen geliebten Revolver verloren. Aber das Messer war nach wie vor an seinem Gürtel. Noch hatte er nicht alles verloren. Zunächst musste er allerdings zusehen, von diesem Ort wegzukommen. Hastig stolperte er den Berg hinunter, mehrmals rutsche er aus und fiel der Länge nach in den Dreck. Plötzlich tauchten die Lichter eines Quads auf und im letzten Moment gelang es ihm, in den Schutz einer dichten Hecke zu verschwinden. Er glaubte Stimmen und Gelächter zu hören, was ihn noch wütender machte. Verdreckt und verschwitzt erreichte er schließlich das Tal und versuchte möglichst unbemerkt, in seine Unterkunft zu gelangen. Unerkannt gelang er an sein Ziel und nach einem langen, heißen Wannenbad fühlte er sich besser. So schnell würden sie ihm nicht davonkommen. Auf dem kleinen Tisch seines Zimmers sah er eine Broschüre. Ein Satz faszinierte ihn auf den ersten Blick.

›Kein Teufelswerk, sondern göttliche Schöpfung.‹ Pfarrer Johann Schiebel bezwingt die Breitachklamm.

Er las sich den Text genauer durch. Darin ging es um die Erforschung der Breitachklamm, eine wilde, von Wasserfällen durchsetzte Schlucht im Grenz-

gebiet zu Deutschland. Von der Kraft des Wassers, tiefen Schluchten und ausgeschliffenen Wassermulden war dort die Rede. Ein Ort göttlicher Schaffenskraft.

Ein diabolisches Grinsen umspielte seine Mundwinkel. Das würde sein nächstes Ziel sein. Noch war seine Mission nicht beendet.

***

Ellen Schrader verharrte regungslos. Wieder hörte sie das Geräusch und ihr wurde klar: Da schlich jemand durch den Wald. Sie hielt den Ast fest in der Hand. Immer näher kamen die Schritte. Wahrscheinlich wollte ihr Peiniger nicht so leicht aufgeben. Aber dieses Mal war sie vorbereitet. Plötzlich sah sie die Silhouette eines Menschen, holte aus und schlug zu. Schnell näherte sie sich dem Mann, der regungslos am Boden lag, drehte ihn auf den Rücken und erschrak. Es war Dieter, der Oberkellner der Bühlalpe und nicht ihr Entführer. Sie nahm das Gesicht in ihre Hände und redete auf den Mann ein, der stöhnend die Augen aufschlug und sie anlächelte.

»Nette Begrüßung«, murmelte er und schloss erneut die Augen.

Da vernahm Ellen Schritte aus der anderen Richtung. Sollte ihr Täter etwa doch noch auftauchen? Sie wandte sich von Dieter ab und nahm den Ast wieder in beide Hände, bereit zum Schlag. Sie holte aus. Doch da erkannte sie den Mann, der sich durch die Schonung schlug und mit ausgebreiteten Armen auf sie zugelaufen kam. Es war Bitze. Er nahm sie in seine Arme und alle Dämme brachen. Heulend und schluchzend vergrub sie ihr Gesicht an seiner Schulter. Er wiegte sie in seinen Armen wie ein kleines Kind und murmelte: »Wir kriegen das Schwein.«

Oberkellner Dieter hatte sich langsam, aber sicher von Ellens Schlag erholt und gemeinsam machten sie sich auf den Weg zur Alpe.

Dort wartete schon Bezirksinspektor Leitner, in Begleitung eines anderen Mannes auf sie, den er ihnen als Hauptkommissar Florian von Ritter-Zagony aus Wien vorstellte. Horst hatte die beiden Beamten aus dem Tal mit auf die Alpe gebracht.

Ellen Schrader begab sich zunächst auf ihr Zimmer und sie spürte, wie sie sich langsam wieder erholte. Von daher würde es ihr nichts ausmachen, später den Kollegen aus Österreich von ihrem schlimmen Erlebnis zu berichten.

Zunächst aber gab Bitze dem Inspektor eine erste Einschätzung der Situation. Er war sich sicher, dass sie es mit dem Mann zu tun hatte, der am Vortag die junge Frau ermordet und im Lastenaufzug zur Bühlalpe geschafft hatte.

»Ein perverser Irrer«, wenn du mich fragst, »der sich an seinen Taten weiden möchte und das Ganze noch religiös begründet«, fasste Bitze seine Erkenntnisse zusammen. Ellen Schrader gesellte sich zu ihnen. Frisch geduscht und mit trockener Kleidung hatte sie sich relativ schnell von ihrem Erlebnis erholt und lieferte Leitner eine detaillierte Beschreibung des Täters, den sie zuvor noch so genau im Gastraum der Bühlalpe gemustert hatte.

Ein relativ großer Mann, so um die 1,85 m, mit dichtem dunklen Haar und stechenden braunen Augen, die unnatürlich flackerten, ihn unheimlich erscheinen ließen und ihm einen höchst nervösen Eindruck verliehen. Eindeutig hatte sie den Revolver wiedererkannt, den Bitze gefunden hatte. Damit hatte der Mann sie bedroht.

»Wie konnte er dich überhaupt so leicht überwinden?«, fragte Bitze.

»Ich hatte die Toilette fast erreicht, als ich hinter mir Schritte hörte. Als ich mich umdrehte, spürte ich plötzlich einen Stich im Oberarm.«

»Vermutlich eine Spritze«, schaltete sich Leitner ein.

Bitze nickte zustimmend. »Dann scheint dieser Typ sich aber auf seine Aktionen gut vorzubereiten und gezielt seine Opfer auszuwählen.«

Ellen Schrader zuckte bei diesen Worten zusammen, denn ihr wurde augenblicklich klar, in welch tödlicher Gefahr sie sich befunden hatte. Sie warf Bitze einen bangen Blick zu. Augenblicklich tauchten die Erinnerungen an die schlimme Zeit von Berlin wieder auf, als sie vor einigen Jahren dort das Opfer eines Schusswechsels arabischer Familienbanden geworden war, der sie fast das Leben gekostet hatte. Mittlerweile hatte sie sich von diesem Ereignis weitestgehend erholt, aber in Momenten wie diesen brach die Angst wie eine Springflut wieder über sie herein.

Bitze schaffte es, sie zu beruhigen. Aber ein anderer Gedanke ging ihr durch den Kopf.

– Wo habe ich diesen Typ schon einmal gesehen?

Je länger sie darüber nachdachte, desto mehr nahm die Gewissheit zu, den Mann zu kennen. Noch wollte sie aber mit Bitze nicht darüber reden. Das wollte sie erst machen, wenn sie sich ganz sicher wäre.

»Alles wird gut«, murmelte er und wandte sich an Leitner.

»Wie wollt ihr weiter vorgehen?«, fragte er die beiden Beamten, die sich eifrig Notizen gemacht hatten.

»Heute Abend können wir wenig tun«, antwortete Leitner und erntete ein zustimmendes

Kopfnicken seines Kollegen von Ritter-Zagony, der dem Ganzen schweigend zugeschaut hatte. Er hatte sich lediglich einige Notizen gemacht, von denen er jetzt aufschaute.

»Wir sollten umgehend noch eine Pressemitteilung für morgen rausgeben, in der wir die Bevölkerung des Tales um Mithilfe bitten. Außerdem könnten wir ein Phantombild des Täters dazu liefern, denn die Beschreibung der Kollegin ist doch sehr prägnant.«

Mittlerweile war es schon weit nach Mitternacht und die beiden Beamten nahmen Horsts Angebot gern an, den Rest der Nacht in der Alpe zu verbringen und erst am Morgen wieder mit ihrem Quad nach Hirschegg zu fahren. So kehrte endlich Ruhe auf dem Berg ein und der Mond beschien eine Idylle wie aus dem Bilderbuch. Wenn da nicht ein Irrer rumlaufen würde, der nicht nur auf der Bühlalpe Angst und Schrecken verbreitet hatte.

***

Am frühen Morgen wurde er mit heftigen Schmerzen in der rechten Schulter wach, die jegliche Bewegung verhinderten. Langsam quälte er sich aus dem Bett und schleppte sich ins Bad. Doch auch nach einer intensiven heißen Dusche ging es ihm nicht besser. Die

Klamm musste warten, ging es ihm durch den Kopf, denn so unbeweglich und voller Schmerzen war er zu nichts im Stande. Nur mit größter Mühe gelang es ihm, sich mit Hilfe eines Armes anzuziehen und an der Rezeption der Appartementanlage erkundigte er sich nach medizinischer Hilfe. Die junge Frau, die an diesem Morgen Dienst hatte, lächelte ihn mitfühlend an, was augenblicklich sein Aggressionspotential steigerte. Am liebsten hätte er sie auf der Stelle erdrosselt, aber er riss sich zusammen und notierte die Anschrift eines Physiotherapeuten in der Eggstraße in Riezlern:

Physiologische Praxis – Jan Reuber/ Termin
nach Vereinbarung.

Greta Knaus war nicht wohl beim Anblick des Mannes, der mit schmerzverzerrtem Gesicht vor ihr an der Rezeption stand. Schon bei seiner Ankunft war etwas Unheimliches von diesem Gast mit den kurzgeschnittenen grauen Haaren ausgegangen, der jeden mit seinen flackernden dunklen Augen fixierte. Am gestrigen Abend hatte sie ihrer Freundin Kathi von diesem Mann erzählt, der seit zwei Tagen in einem ihrer Appartements wohnte.

»Glaube mir, Kathi, der ist einer der Bösen. Das ist so sicher wie das Amen in der Kirche. Da schaudert es dir, wenn der dich nur ansieht.«

Trotzdem bemühte sie sich, freundlich zu sein und dem Mann, dem es augenscheinlich nicht gut ging, zu helfen. Sicherlich würde ihr Freund Jan, der in Riezlern als Physiotherapeut arbeitet, in diesem Fall helfen können. Unmittelbar nachdem der Mann das Haus verlassen hatte, griff sie zum Telefonhörer und rief in der Praxis an. Zum Glück war Jan direkt am Apparat.

»Grüß dich, Jan, hier ist die Greta, da kommt gleich ein Mann zu dir, der hier ein Appartement gemietet hat. Er hat augenscheinlich starke Schmerzen in der rechten Schulter. Bitte nimm ihn auch ohne Termin, denn von dem geht sowas Böses aus, dass ich mir nicht sicher bin, wie der reagiert, wenn du ihn abweist.«

Jan Reuber stutzte, denn so leicht brachte ihn nichts aus der Ruhe.

»Na, übertreibst du da nicht ein wenig?«

»Nein, auf keinen Fall. Schau ihn dir bitte selbst an und dann lass uns nochmal darüber reden.«

»Na gut, weil du es bist, meine Liebe. Danke für deinen Rat und bis bald.«

Greta legte auf und holte die Zeitung aus dem Briefkasten. Sie erschrak. Auf der Hauptseite war das Phantombild eines Mannes, der ihr augenblicklich bekannt vorkam. Dieser Mann wurde von der Polizei gesucht. Erneut griff sie zum Telefon.

***

Bitze und Schrader genossen das Frühstück, das Regina liebevoll und reichhaltig vorbereitet hatte. Nach den Schrecken des gestrigen Abends war es eine Wohltat, in der Morgensonne zu sitzen und zu genießen. Wieder wurde den beiden Bottropern klar, wie paradiesisch es hier auf der Bühlalpe war. Die Kollegen aus Hirschegg waren schon in den frühen Morgenstunden ins Tal aufgebrochen, um die Fahndungsmeldung noch in die Morgenausgabe des *Walsers*, der Heimatzeitung zu bekommen.

»Vielleicht nimmt der Spuk so bald ein Ende«, meinte Horst, der sich zu ihnen gesetzt hatte. »Ich kann mich nicht erinnern, wann wir das letzte Mal so einen Fall hier im Tal hatten. Normalerweise passiert hier nur etwas im Winter, wenn die übermütigen Skiläufer meinen, Pisten zu erkunden, denen sie nicht gewachsen sind. Dann muss die Bergwacht so manche aus dem Berg und von den Pisten holen und nicht immer treten diese Leute lebend die Heimreise an.« Horst wünschte seinen Gästen noch einen schönen Tag, denn für ihn wurde es Zeit, ins Tal aufzubrechen, um noch einige Besorgungen zu erledigen. »Ich bringe euch eine Zeitung mit«, versprach er.

»Was machen wir mit diesem herrlichen Tag?«
Ellen schaute Bitze erwartungsvoll an. An diesem
Morgen ging es ihr schon viel besser und die Er-
eignisse des Abends hatten glücklicherweise keine
Spuren hinterlassen. Bitze registrierte es mit großer Freude, denn am Abend hatte er sich doch
große Sorgen um seine Partnerin gemacht.

»Was immer du willst, mein Schatz«, meinte
er lächelnd, »heute gehört der Tag dir.«

»Eigentlich möchte ich einfach nur hier sitzen
und dieses herrliche Panorama genießen.«

»Dein Wunsch ist mir Befehl«, erwiderte Bitze und holte zwei Liegestühle aus dem Schuppen
am Haus. Das Leben war schön, vor allem hier
auf der Bühlalpe, weit weg von Bottrop.

***

In der Praxis von Jan Reuber ging es an diesem
Tag zu wie in einem Taubenschlag. Vor allem
Wanderer, die sich übernommen und dabei di-
verse Muskelverspannungen zugezogen hatten,
bevölkerten seine Massagebänke. Da kam ihm
der Anruf seiner guten Freundin Greta eigentlich
gar nicht recht, aber die Gute hatte ziemlich be-
sorgt geklungen und so konnte er ihr die Bitte,
den Mann zu behandeln, nicht abschlagen. Kurz
nach ihrem Telefonat betrat der Fremde seine

Praxis und die flackernden, unruhig wirkenden, dunklen Augen, fielen ihm auch sofort auf. Greta hatte recht. Von diesem Mann ging etwas Böses aus, was durch die herrisch-mürrische Art, mit der er Jan begrüßte, noch verstärkt wurde.

– Widerwärtig und eklig dieser Typ, dachte Jan und führte den Fremden in einen der vier Beratungsräume.

Wenn diese schlimmen Schmerzen nicht gewesen wären, hätte er niemals diesen tätowierten Jungspund mit dem langen Bart, der ihn an einen dieser verhassten Taliban erinnerte, aufgesucht. Aber er spürte bei der Behandlung, wie der Schmerz in der Schulter nachließ und seine Beweglichkeit zurückkehrte. Eines musste man dem Kerl lassen: Er verstand sein Handwerk. Eine halbe Stunde später verließ er die Praxis und fühlte sich wie neugeboren. Der Tag würde also doch noch sein Freund werden. Danach hatte es am Morgen überhaupt nicht ausgesehen.

Jan Reuber war froh und erleichtert, als dieser fiese Typ, der darauf bestanden hatte sofort und in bar zu bezahlen, seine Praxis wieder verlassen hatte. Seine Mitarbeiterin Iris Schwede teilte ihm mit, dass seine Freundin Greta vor einigen Minuten noch einmal angerufen hatte und ziemlich aufgeregt klang. Er solle sie unbedingt und so schnell es ging zurückrufen.

– Was hat sie denn nun schon wieder?, dachte Jan laut und rief bei Greta an.

»Jan«, begann sie aufgeregt, »war dieser Typ schon bei dir?«

»Ja und er ist Gott sei Dank schon wieder weg, was mich, ehrlich gesagt, auch sehr freut. Das war in der Tat ein unangenehmer Zeitgenosse.«

»Mist«, entfuhr es Greta. »Du hast den *Walser* heute Morgen wohl noch nicht gelesen?«

»Was hat das denn mit dem Mann zu tun?« Jan war überrascht.

»Die Polizei sucht ihn. Das Phantombild auf der Titelseite ist eindeutig.«

Jan nahm das Magazin, das heute frisch hereingekommen war, vom Tresen und erschrak. Das war tatsächlich der Mann, der vor wenigen Minuten noch auf seiner Liege gelegen hatte.

»Danke, Greta. Ich rufe sofort in der Polizeiinspektion Hirschegg an.«

Er legte auf und wählte die Nummer der Polizei.

»Physiopraxis Jan Reuber hier«, meldete er sich und berichtete Inspektor Leitner von seinem Erlebnis.

***

Bitze und Schrader genossen die Ruhe der Alpe.
Ellen beobachtete den Esel Max, der wie in jedem
Jahr von Frühjahr bis Herbst auf der Alpe graste
und die Herzen der Wanderer im Sturm eroberte.
Auch Ellen hatte den treuherzigen grauen Vier-
beiner längst in ihr Herz geschlossen.

Dazu der herrliche Blick auf den Bärenkopf,
der in der Ferne von der Sonne beschienen wurde. Aus dem Radio in der Hütte drang leise Hubert von Goiserns »*Weit Weit weg*« zu ihnen und
untermalte die romantische Stimmung.

Bitzes Handyton unterbrach die idyllische Stille.

»Nein«, murmelte Ellen Schrader und blinzelte Bitze von der Seite an.

»Das ist Bezirksinspektor Leitner.« Bitze kniff
ihr ein Auge zu und nahm ab.

Kurz und knapp berichtete der Kollege aus
Hirschegg, dass der Mann, der sie am Abend
in Angst und Schrecken versetzt hatte, in einer
Physiopraxis in Riezlern aufgetaucht war. Bei seiner Flucht vom Berg hatte er sich an der Schulter verletzt, was allerdings, so hatte es der Physiotherapeut berichtet, nicht so schwerwiegend
gewesen war. Der Therapeut hatte das Bild auf
dem *Walser* erst gesehen, als der Mann die Praxis

wieder verlassen hatte. Aber er hatte den Mann eindeutig wiedererkannt.

»Und, was hat er gesagt?« Ellen schaute Bitze mit zusammengekniffenen Augen an. Bitze liebte diesen lauernden Blick, aber nicht nur den.

Er lächelte zurück. »Der Mann ist anscheinend in Riezlern.«

»Dann ist es ja gut, dass wir weit davon entfernt sind.« Ellen Schrader drehte ihm den Rücken zu und grinste Richtung Max. Der Esel hatte schon seine Gemeinsamkeiten mit ihrem Partner, doch darauf wollte sie Bitze gegenüber jetzt nicht genauer eingehen. Außerdem gesellte sich in diesem Moment Regina mit einer Portion von Horsts weltberühmtem Kaiserschmarrn zu ihnen.

»Lasst es euch schmecken«, meinte sie lachend.

– Der Tag ist perfekt, dachte Ellen Schrader und der Schrecken des Abends war endgültig vergessen.

***

An diesem Morgen saßen vier junge Damen beim Frühstück auf der wunderschönen Sonnenterrasse ihres Appartements. Für Anja, Ina, Karin und Heike war es der letzte Tag ihrer Doppelkopftour, denn am nächsten Morgen würde es wieder zurück nach Oldenburg gehen.

Noch immer war der gestrige Abend auf der Bühlalpe Gesprächsthema Nummer eins.

»Hätte nie gedacht, dass es so nette Polizeibeamte gibt«, meinte Heike und die anderen drei nickten zustimmend.

»Wenn bloß nicht dieser Irre aufgetaucht wäre«, warf Karin ein, »der hat nicht nur die Stimmung kaputt gemacht, sondern auch noch das Leben der netten Staatsanwältin in Gefahr gebracht.«

»Zum Glück ist es ja glimpflich ausgegangen«, lag Erleichterung in Anjas Stimme, »der Kommissar hat mir richtig leidgetan.«

Auch Ina schüttelte sich bei der Erinnerung an die Aufregung um die verschwundene Frau. Doch dann stand sie auf und kehrte mit einer Flasche Prosecco auf die Terrasse zurück.

»Sektchen«, rief sie in die Runde, um ihre Freundinnen wieder aufzuheitern. Alle nahmen das Angebot an. »Auf Bitze, Helmut und die Gerechtigkeit!« Lächelnd stieß Ina mit ihren Freundinnen an.

»Was machen wir mit dem letzten Tag?«, fragte Heike.

Karin zeigte einen Prospekt der Breitachklamm.

»Was haltet ihr davon? Wir würden den Bus nach Riezlern nehmen und von da aus geht es weiter mit der A1 zur Haltestelle Walserschanze. Dort ist ein Eingang zur Klamm.«

Alle waren einverstanden und kurze Zeit später machten sie sich auf den Weg zur Bushaltestelle.

***

Orientierungslos rannte er durch Riezlern. An einem Kiosk sah er die Titelseite des Walsers, der Zeitschrift, die einmal die Woche im Tal erscheint. Er erschrak. Das Bild dort zeigte eindeutig sein Konterfei.

– Ich muss hier weg, dachte er und sein Blick fiel auf das Hinweisschild ›BREITACHKLAMM‹.

Wieder sein diabolisches Grinsen, es umspielte seine Mundwinkel. Das war doch sein Ziel. Er sah zu, schnell aus der Stadt zu verschwinden und schon bald war er allein auf einem Weg entlang eines kleinen Flusses.

In einiger Entfernung entdeckte er eine Gruppe von vier Frauen, die anscheinend auch auf dem Weg zur Klamm waren. Beim Näherkommen fiel ihm ein, wo er diese Frauen schon einmal gesehen hatte. Das waren doch diese ordinären Weiber mit ihren zotigen Witzen und dem verdorbenen Lachen, die am gestrigen Abend die Alpe unterhalten hatten. Widerlich, ging es ihm wieder durch den Sinn und er fühlte in seinem Innersten die Aufforderung des Herrn: Töte!

***

Bezirksinspektor Leitner und seine Verstärkung aus Wien, Hauptkommissar Florian von Ritter-Zagony, hatten sich direkt nach dem Anruf des Physiotherapeuten auf den Weg nach Riezlern gemacht.

»Wir müssen den Kerl finden, bevor er sich ein weiteres Opfer sucht.« Leitner konnte seine Aufregung nicht verbergen.

Die letzten beiden Tage hatten sein Leben im beschaulichen Kleinwalsertal auf den Kopf gestellt. Ein scheinbar geistesgestörter Killer in seinem Tal hatte ihm gerade noch gefehlt.

»Was sind das eigentlich für Kollegen aus Deutschland?«, fragte von Ritter-Zagony. »Was machen die hier?«

»Ein paar Tage Urlaub, mehr nicht«, lächelte Leitner, »und da waren sie scheinbar zur falschen Zeit am falschen Ort, denn mit solchen Ereignissen rechnet doch niemand, der ein verlängertes Urlaubswochenende auf einer Alpe plant.«

»Verstehe«, murmelte von Ritter-Zagony unverständlich und zog die Stirn in Falten, »und dann gerät ausgerechnet die Staatsanwältin in die Fänge des Mannes. Zufall?«

Leitner stutzte: »Was willst du damit sagen?«

»Vielleicht sind das gar keine Kriminalbeamte oder harmlose Urlauber?«

»Sondern?« Leitner fand, dass von Ritter-Zagony sich da in etwas hineinsteigerte, was völliger Blödsinn war.

»Vielleicht verdeckte Ermittler vom LKA, die hier herumspionieren sollen, oder alle gehören zu einer Bande, die hier an verschiedenen Orten zuschlagen will.«

»Da bin ich nicht deiner Meinung und wir sollten froh sein, dass wir von der Frau eine so detaillierte Täterbeschreibung bekommen haben, die eindeutig die Handschrift eines Profis trägt.«

»Ich möchte trotzdem nicht, dass diese Leute sich noch einmal in unsere Arbeit einmischen.«

Leitner fand, dass der Kollege Florian von Ritter-Zagony ziemlich übertrieb, denn ihm waren die beiden Beamten aus Borkum oder Bottrop, auch egal, im Grunde sehr sympathisch und er würde sie, soweit es möglich war, auf dem neusten Stand halten. Das musste er dem arroganten Kommissar aus der Landeshauptstadt nicht auf die Nase binden.

***

Er beschleunigte seine Schritte und bald konnte er das Gelächter der Frauen hören, die nur noch wenige Meter von ihm entfernt waren.

Schon am Vorabend auf der Hütte war ihm dieses Lachen widerwärtig und abstoßend vorgekommen. Wahrscheinlich hatte eine von ihnen gerade wieder einen dieser schamlosen Witze erzählt, über die er nicht lachen konnte. Er hasste Witze und verstand es überhaupt nicht, was an diesen primitiven Wortspielereien lustig sein sollte. Er würde dafür sorgen, dass diese albernen Gören bald nichts mehr zu lachen haben würden. Mit der kleinen Blonden in den engen Jeans, die sich in seinen Augen am laszivsten und widerwärtigsten bewegte, würde er heute ein neues Exempel seiner reinen, gottesfürchtigen Welt statuieren.

»In der Klamm werde ich eine Gelegenheit finden«, dachte er grimmig und verlangsamte seine Schritte, denn er wollte der Gruppe jetzt noch nicht zu nahe kommen.

***

Die vier Freundinnen waren so in ihrem heiteren Gespräch vertieft, dass sie nicht merkten, wie ihnen ein Mann immer näher kam.

Kurze Zeit später erreichten sie eine Stelle, an der der Weg breiter wurde und direkt zu einem Informationszentrum am Eingang Tiefenbach führte. Dort entdeckten sie einige Infotafeln, die über den Verlauf des Wasserlaufes informierten.

»Seht mal, da gibt es auch die Eintrittskarten«, meinte Anja und machte sich auf den Weg, um für alle eine Karte zu erwerben.

Sie betraten eine idyllische Landschaft und nach ein paar Metern gingen sie durch einen Tunnel und befanden sich augenblicklich in der laut-rauschenden Klamm. Auf einer Tafel sahen sie das Bild Johann Schiebels, der Pfarrer, der die Klamm begehbar gemacht hatte. Zunächst war das Flussbett noch ziemlich breit, doch schon bald wurden die Wege enger und die vier Freundinnen mussten aufpassen, sich nicht an den vorstehenden Felsstücken den Kopf zu stoßen.

»Wie steil das hier ist«, bemerkte Anja und deutete nach unten, wo die Wassermassen sich gewaltig austobten. Langsam und staunend, immer wieder die steilen und zum Teil ausgewaschenen Felswände bewundernd, gingen die Freundinnen hintereinander her.

***

Er hatte auch das Bild des Pfarrers am Eingangsbereich gesehen und es hatte ihn daran erinnert, dass er in göttlicher Mission unterwegs war. Gottes Rache auf Erden und wieder fiel ihm das Bibelwort aus dem Brief des Paulus an die Kolosser ein. Das majestätische Rauschen des Wassers und die imposante Felsenland-

schaft verlieh dem Ort etwas Heiliges, wie er fand, und das bestärkte ihn in seinen Plänen. Er hielt noch Abstand zu den Frauen, die in einiger Entfernung durch die Klamm gingen. Mit einem Grinsen stellte er fest, dass die vier hintereinander unterwegs waren und die Blonde, auf die er vor allem abgesehen hatte, das Schlusslicht bildete. Das erleichterte seinen perfiden Plan. Er fühlte die kleine Spritze in seiner Jackentasche und sah sich nach allen Seiten um, überlegte, wann eine geeignete Stelle zum Zugriff auftauchen würde. Langsam kam er der Gruppe näher. Das laute Rauschen des Wassers unterdrückte alle anderen Geräusche. Da sah er in einiger Entfernung eine Felsnische rechts des Weges. Da würde er zuschlagen. Seine Tempo erhöhend, hatte er die Frauen bald erreicht.

***

Schon nach kurzer Zeit hatte die Klamm Ina und ihre Freundinnen in ihren Bann gezogen. Schweigend und staunend, immer auf den schmalen Weg achtend, gingen sie langsam bergan.

Oben angekommen wollten sie den Rundweg wieder zurück zum unteren Parkplatz nehmen, sich in einer der Alpen eine zünftige Brotzeit gönnen und dann weiter ins Kleinwalsertal laufen.

»Was für ein imposantes Schauspiel«, rief Anja den anderen zu, ohne sich umzudrehen. Das war auch schwierig, denn der enge Anstieg erforderte höchste Konzentration. So war es nicht verwunderlich, dass keine der anderen antwortete. Zu sehr hingen sie ihren eigenen Gedanken nach. Heike, die das Schlusslicht der Gruppe bildete, hatte den Zwischenruf ihrer Freundin gar nicht gehört, so sehr toste das Wasser der Klamm. So merkte sie auch nicht, wie in ihrem Rücken ein Mann immer näher kam, der in seiner rechten Hand eine kleine Spritze hielt. Plötzlich spürte sie eine Hand auf ihrer Schulter. Sie drehte sich um und erschrak.

Sie sah das fratzenhafte Gesicht eines Mannes und sie wusste sofort, wer dieser Mann war. Sie wollte schreien, aber die Laute blieben ihr im Hals stecken. Sie spürte einen Stich im Oberarm und sah eine dicke rosa-bläuliche Wolke, die auf sie zukam und sie völlig verhüllte. Das Tosen des Wassers verstummte und es wurde still.

***

Er war den jungen Frauen jetzt ganz nahe gekommen und die kleine Blonde am Ende der Gruppe war bereits in seiner Reichweite. Scheinbar bemerkte sie nicht, was in ihrem Rücken passierte. Teuflisch grinsend machte er einen raschen Schritt nach vorn, zog die Blonde nach hinten und rammte ihr die

Spritze in den Oberarm. Er sah den Schreck in ihren Augen, als sie sich noch kurz zu ihm umdrehte, doch da sank sie schon in seinen Armen zusammen. Er schleifte sie in die kleine Felsnische, die er kurz zuvor entdeckt hatte. Befriedigt stellte er fest, dass diese Stelle vom Weg her nicht einsehbar war und er legte die bewusstlose Frau langsam auf einen breiten Stein, der altarmäßig dort stand. Eine perfekte Opferstelle, dachte er und lächelte zufrieden. Mit einem Opfer würde er Gott noch näherkommen, so wie es im Alten Testament beschrieben wurde.

Im Zuge seiner Reinigung und Bekehrung, wie er es für sich immer propagiert hatte, war er auf diesen Willen Gottes gestoßen. Es gibt vier Hauptopfer: das Brandopfer, das Speisopfer, das Friedensopfer und das Sündopfer, das mit dem Schuldopfer verbunden werden kann. In dieser Reihenfolge werden sie in den Anfangskapiteln des dritten Buches Mose vorgestellt. Sie sind nach ihrer Wichtigkeit aus Gottes Sicht angeordnet: Von Christus' Hingabe zur Ehre Gottes bis in den Tod bis zu den Bedürfnissen des schuldigen Menschen. Wäre die Frage, wie sich ein Sünder Gott nähern kann, dann müsste notwendigerweise das Sündopfer zuerst kommen, denn die Sünde muss zuerst behandelt werden, bevor der sich Gott Nahende in die Stellung eines Anbeters treten kann. Genau das wollte er hier und jetzt vollziehen, um endlich mit seinem Gott ins Reine zu kommen.

Diese Frau war schuldig und würde sein Sündopfer sein. Befriedigt lehnte er sich an einen Stein und schloss die Augen. Die blonde Frau lag regungslos auf dem Stein. Dieses Mal hatte er eine höhere Dosis gewählt und seinem Opferritual würde nichts mehr im Wege stehen.

***

Endlich hatten die Frauen den oberen Ausgang der Klamm erreicht. Zufrieden lächelnd drehte Anja sich zu den anderen um. »War das nicht ein großartiges Erlebnis?«

Sie stutzte. Ina und Karin legten gerade ihre Rucksäcke ab. Doch wo war Heike? Jetzt hatten die anderen es auch bemerkt, dass ihre Freundin nicht da war. Sie schauten zur Klamm. Da war niemand.

»Das darf doch nicht wahr sein«, murmelte Ina, »wo ist Heike?«

Angst machte sich breit, denn sie hatten am Abend zuvor ja etwas Ähnliches erlebt. Was, wenn dieser Killer in der Klamm sie aufgelauert hatte? Anja nahm ihr Handy. Zum Glück hatte sie die Nummer des Bottroper Polizisten gespeichert. Den wollte sie anrufen, um ihm ihre Situation zu schildern. Blass und mit Angst in den Augen, schauten die Freundinnen sie an und keine gab einen Laut von sich.

***

Nach dem Genuss des Kaiserschmarrns hatten Bitze und Schrader es sich in den Liegestühlen gemütlich gemacht. Müdigkeit machte sich breit. Aus dem Radio in der Diele der Hütte erklang »*Love me tender*« von Elvis.

»Was für ein schönes Lied«, murmelte Ellen und blinzelte Bitze verliebt an. Der lächelte zurück und nahm ihre Hand.

»Weißt du eigentlich, wie sehr ich dich liebe?«

Ellen nickte und schloss verträumt die Augen.

Da zerstörte Bitzes Handy schon wieder die romantische Harmonie.

»Wer immer das auch sein mag, er gehört erschlagen«, zischte Ellen und drehte sich schmollend um.

»Wer stört?«, knurrte Bitze.

Bitze musste kurz nachdenken, als er eine weibliche Stimme am Telefon hörte. Anja Ginter sagte ihm zunächst nichts und er warf Ellen Schrader einen fragenden Blick zu. Die hatte sich zu ihm umgedreht und schüttelte leicht den Kopf. Das sollte ihm sagen: Wer immer das auch ist – du hast keine Zeit. Aber Bitze wusste jetzt, wer Anja Ginter war. Sie gehörte zu der Gruppe der netten jungen Damen, mit denen sie am Vorabend in der Hütte zusammengesessen hatten. Die Frau klang sehr aufgeregt und Bitze hatte Mühe, sie zu verstehen.

»Heike ist verschwunden. Einfach weg und wir haben nichts bemerkt. Wir haben solche Angst, dass dieser Mann von gestern Abend hier ist. Was, wenn er dahintersteckt? Der ist doch zu allem fähig, dieser Verrückte.«

Bitze versuchte, die Frau zu beruhigen. »Wo seid ihr und was ist genau passiert?«

»Wir haben eine Wanderung durch die Breitachklamm gemacht. Auf den schmalen Wegen mussten wir im Gänsemarsch hintereinander hergehen. Es war so laut, felsig, steil und eng. Was, wenn Heike abgestürzt ist? Oder dieser fürchterliche Kerl doch hinter uns war?«

»Wo genau seid ihr denn jetzt?«, wollte Bitze wissen.

»Wir sind am oberen Ausgang der Klamm und wollten von hier aus noch einige Hütten besuchen und anschließend wieder nach Riezlern zurück.«

»Bleibt, wo ihr seid. Ich verständige die Polizeiinspektion und die werden sich um euch kümmern. Vielleicht taucht Heike in der Zwischenzeit ja wieder auf.«

»Könnt ihr denn nicht kommen? Ihr habt den Mann doch gestern erlebt und wisst, wie man ihm begegnen muss, bitte.«

Bitze spürte die Verzweiflung der Frau. »Mal sehen, was ich tun kann. Bleibt ruhig und rührt euch auf jeden Fall nicht von der Stelle.«

Ellen Schraders fragenden Blick ignorierend, wählte er die Nummer des Bezirksinspektors.

Leitner wusste sofort, wen er am Apparat hatte und vermied es, einen Namen zu nennen. Er wollte auf keinen Fall Feuer in von Ritter-Zagonys Öllampe gießen. Aufmerksam hörte er zu und machte sich einige Notizen. Am Schluss bedankte er sich mit einem »Wir werden uns kümmern«, und legte auf.

»Wer war das?«, kam von Ritter-Zagonys Frage aus dem Hintergrund.

»Ein Notruf aus der Breitachklamm. Scheinbar ist der Mann, den wir suchen, dort.«

***

Nachdenklich drehte Bitze sich zu Ellen Schrader um. Die schaute ihn fragend an. »Wer war das?«

Bitze kniff die Augen zusammen. »Erinnerst du dich an die jungen Damen von gestern Abend?«

»Du meinst die, die einen Witz nach dem anderen erzählten?«

»Ja, genau die.«

»Was wollten die denn von dir?«

»Die am Telefon klang gerade ziemlich aufgeregt. Sie haben eine Wanderung durch die Breitachklamm unternommen. Als sie am oberen Ausgang angekommen sind, fehlte eine von ihnen. Spurlos verschwunden.«

»Haben die das denn nicht vorher gemerkt oder mitbekommen?«

»Anscheinend nicht. Es war sehr laut und eng in der Klamm und sie mussten im Gänsemarsch hintereinander hergehen.«

»Aber du hast ja den Bezirksinspektor informiert. Also lass es gut sein und entspann dich. Soll ich uns einen Kaffee oder etwas anderes bestellen?«

Aber Bitze fand keine Ruhe. Er sah die Bilder des gestrigen Abends vor seinem Auge und seine innere Stimme sagte ihm, dass der Unbekannte, von dem Ellen Schrader mittlerweile fest glaubte ihn, schon einmal gesehen zu haben, an dieser Sache beteiligt war. Er spürte seine Wut wieder aufkeimen und sprang auf.

»Ich muss dahin!«

»Aber«, wollte Ellen noch erwidern, als Bitze schon schnurstracks zur Hütte lief und nach Horst rief.

Horst kam ihm entgegengelaufen und schaute ihn fragend an.

»Wie weit ist es zur Breitachklamm?«, fragte Bitze den sichtlich überraschten Hüttenwirt.

»Mit dem Quad und einigem Tempo eine gute halbe Stunde.«

»Dann los, ich muss dahin. Ich erzähle dir alles unterwegs.«

Ellen Schrader wollte noch ein letztes Mal Einspruch einlegen, doch Bitze saß schon auf dem Quad und sie fuhren los. Kopfschüttelnd drehte sie sich zum grasenden Max um und schüttelte den Kopf.

– Wer ist hier der Esel?, dachte sie und rollte mit den Augen.

Doch plötzlich verfinsterte sich ihre Miene. Sie wusste jetzt, wer der Mann war und auch sein Name fiel ihr schlagartig wieder ein: Baldur Brockmann, der mörderische Heckenschütze aus Bottrop, psychisch hochgradig gestört und seinerzeit nach seiner Verhaftung auf dem Transport in die Forensik geflüchtet. Er hatte augenscheinlich sein äußeres Erscheinungsbild ein wenig verändert, aber diese stechenden, unruhigen Augen waren es, die sie nicht vergessen hatte. Scheinbar hatte sich seine Vorgehensweise geändert, aber das Böse, das ihm der ›Grubenteufel‹ eingeflößt hatte, war geblieben.

Ellen schauderte beim Gedanken, diesem Psychopathen so ausgeliefert gewesen zu sein. Sollte er der Mann in der Klamm sein, war die junge Frau in Lebensgefahr.

– Ich muss Bitze warnen, dachte sie und griff zum Handy.

***

Er beobachtete die Frau auf dem Stein. Diese Stelle war ideal für die Opfergabe und dieser nackte Körper war bereit. Für einen Moment musste er an Regina denken, die Frau, die den letzten Rest seiner guten Seele zerstört hatte. Alles das, was der Grubenteufel verschont hatte. Grinsend dachte er an ihr Schicksal, hilflos und verblödet in einer Pflegeanstalt. Das geschah ihr recht. Doch das war Vergangenheit. Das Wort Gottes hatte ihm die Augen geöffnet. Er war einer der wenigen, die Gottes Willen, wie ihn die Schriften des Alten Testaments lehrten, heute noch ausführten. Ein richtiges Opfer zu bringen, gehörte dazu, genauso wie die Ausrottung des Verruchten und Bösen. Grinsend berührte er die Klinge seines Messers. Herr, dein Wille geschehe, dachte er und ging zum Steinaltar.

***

Schneller als erwartet hatten Bitze und Horst die Klamm erreicht. Bitze hatte dem Hüttenwirt in knappen Worten die Situation geschildert und es war keine Frage für Horst, den Bottroper zu unterstützen. Kurz bevor sie den oberen Ausgang erreichten, klingelte Bitzes Handy. Er erkannte Ellens Nummer und rechnete fest damit, dass sie ihm noch einmal die Meinung sagen wollte.

– Vielleicht sollte ich besser gar nicht drangehen, dachte er, beschloss aber, es doch zu tun.

»Liebling, hör zu. Ich weiß jetzt, wer dieser Mann ist. Baldur Brockmann, du erinnerst dich, unser mordender Heckenschütze von vor einem Jahr, der auf dem Weg in die Forensik nach Osnabrück fliehen konnte.«

Natürlich erinnerte Bitze sich sofort an diesen Fall, in dessen Verlauf auch sein spezieller Kollege Till von Stiernitz ums Leben gekommen war.

»Du bist dir ganz sicher?«, hakte er nach.

»Ganz sicher«, kam die schnelle Antwort.

– Dann ist es jetzt doch mein Fall, dachte Bitze.

Ellen mahnte ihn zur Vorsicht und keine vorschnellen Alleingänge. Damit war ihr Gespräch beendet und in der Ferne sah Bitze schon die jungen Frauen und bei ihnen Bezirksinspektor Leitner, wie schon zuvor in der Begleitung des Beamten aus Wien.

Als die Inspektoren Bitze näherkommen sahen, warf von Ritter-Zagony seinem Kollegen einen warnenden Blick zu, den Bitze ebenfalls registrierte.

– Irgendwie scheint der mich nicht zu mögen.

Aus der Gruppe der Frauen kam eine direkt auf Bitze zu und fiel ihm um den Hals. Horst grinste, als er sah, dass Bitze diese Art der Begrüßung eher unangenehm war. Er löste sich von der jungen Frau, die ihm mit zittriger Stimme die Situation schilderte.

Gemeinsam gingen sie zu Leitner, der bereits mit den anderen beiden Frauen gesprochen hatte.

Florian von Ritter-Zagony schaltete sich ein und wandte sich an Bitze. »Darf man erfahren, was Sie ausgerechnet jetzt hier machen?«

»Man darf … Sie aber auch«, erwiderte Bitze lächelnd.

Leitner konnte sich ein Grinsen nicht verkneifen. Bitze berichtete vom Anruf der jungen Frau, aber auch davon, dass er jetzt wusste, wer der Mann in der Klamm aller Wahrscheinlichkeit nach war.

»Was macht Sie da so sicher?« Von Ritter-Zagony wirkte immer noch nicht überzeugt.

»Meine Frau hat ihn wiedererkannt. Sie ist sich absolut sicher und ich weiß, dass sie sich nicht täuscht. Der Mann ist Baldur Brockmann und ich werde ihn, wenn alles gut geht, hier und heute ein zweites Mal festnehmen. Es ist besser, wir arbeiten ab sofort zusammen, denn Brockmann ist äußerst gefährlich und die vermisste junge Frau in tödlicher Gefahr.«

***

*Er sah, wie die blonde Frau plötzlich die Augen auf-
schlug und ihn flehend ansah.*

*»Was willst du von mir?«, presste sie hervor, als
sie ihre Nacktheit bemerkte. »Komm, ich werde alles
tun was du willst. Nur lass mich bitte am Leben.«*

*»Sei still«, zischte er und machte einen Schritt
vorwärts.*

Sie sah das Messer in seiner Hand und verstummte. Ein Zittern überfiel ihren Körper und die
Angst schnürte ihr die Kehle zu.

– Ein Wahnsinniger, ging es ihr durch den
Kopf und sie hoffte, ihre Freundinnen hätten in
der Zwischenzeit Hilfe geholt und angefangen,
sie zu suchen.

– Reiß dich zusammen, Heike, sagte sie zu sich
und erinnerte sich an einen Deeskalationskurs,
den sie vor einiger Zeit mit ihren Freundinnen
gemacht hatte. – Du musst reden, reden, reden.

*»Warum machst du das? Komm, du kannst alles ha-
ben. Nur leg das Messer weg, bitte leg das Messer
weg!«*

*»Du sollst die Klappe halten, habe ich gesagt,
sonst …«*

»Stich doch zu, komm, mach es, du Feigling!«

Heike spürte bei ihren Worten, wie ihr der Angst-
schweiß den Rücken herunterlief. Pokerte sie zu
hoch? Was, wenn die graue Theorie des Kurses
nur eine heiße Luftblase war? Aber sie hatte nur
diese eine Chance und sah, dass der Mann tatsächlich zögerte. Ihr Herz raste und immer mehr
Schweiß brach aus ihrem Körper aus.

– Ich muss es schaffen, irgendwann müssen
die anderen doch wiederkommen, versuchte sie
sich selbst Mut zu machen.

*Er zögerte. Sein Opfer nervte ihn, aber er wollte es
noch ein wenig zelebrieren. Gott sollte ein Wohlge-
fallen an diesem Opfer haben. Wenn sie doch nur
endlich still wäre.*

***

»Wie gehen wir vor?« Bitze schaute in die Runde.

Leitner sah zu von Ritter-Zagony.

»Es gibt nur diesen Weg. Wir gehen ihn in
Abständen, sind leise und beobachten mögliche
Felseinschnitte, in die der Mann das Opfer gezo-
gen haben könnte.«

»Du bleibst bei den Frauen«, sagte Bitze zu
Horst, der zustimmend nickte.

»Bitte, bring Heike mit«, gab Anja Bitze mit
auf den Weg, »du hast doch deine Frau auch aus
den Klauen dieses Ungeheuers befreit.«

»Sei unbesorgt, alles wird gut«, versuchte Bitze sie zu trösten und folgte den Kollegen, die schon auf dem Weg in die Klamm waren.

Tosende Wassermassen, die zum Tal rasten, bildeten eine imposante Kulisse, die Bitze in Empfang nahm. Der Weg war in der Tat sehr schmal und rechts und links eckige Felskanten. Wo sollte hier Brockmann sein? Aber irgendwo war er, Bitze spürte es. Leitner und von Ritter-Zagony sicherten den Weg und beobachteten die Umgebung. Bitze blieb einige Meter hinter ihnen. So sehr er sich auch anstrengte, er konnte keine Felshöhlen oder Lücken entdecken. Nun ging es über eine kleine Hängebrücke, die die beiden Kollegen aus Österreich schon passiert hatten. Als er das Ende der Brücke erreichte, glaubte Bitze, etwas gehört zu haben. Er versuchte Leitner ein Zeichen zu geben, doch der Bezirksinspektor war schon zu weit von ihm entfernt.

Hatte Moses bei seinem Opfer des eigenen Sohnes nicht auch für einen Moment gezögert? Er wusste nicht, warum er es tat. Die nackte Frau auf den Steinen hörte nicht auf zu reden und er glaubte, sein Kopf würde platzen. Immer lauter erschien ihm ihre Stimme, immer eindringlicher, unangenehmer.

»Sei still!! «

Sein markerschütternder Schrei ließ die Frau verstummen.

Bitze war sich sicher. Da war ein Schrei, der nicht von einer Frau kam. Oder war es ein Raubvogel? Er schaute nach oben, aber da war kein Vogel zu sehen. Wenn es der Schrei eines Mannes war, konnte er nur von Brockmann kommen. Warum hatten Leitner und sein arroganter Begleiter nichts gehört?

Bitze versuchte, den Schrei zu orten, was bei dem lauten Rauschen des Wassers sehr schwierig war. Aber er war sich sicher, dass er von rechts vorne gekommen war. Langsam schlich er näher, die Brücke verlassend. Er kniff die Augen zusammen und meinte, einen kleinen Spalt in der Felswand zu sehen. Erneut versuchte er den Kollegen ein Zeichen zu geben, doch die waren schon hinter der nächsten Biegung verschwunden. Beim Näherkommen stellte Bitze fest, dass dort tatsächlich eine Lücke in der Felswand war.

›Ruhe bewahren, Sicherheit ausstrahlen‹, sein Lieblingsspruch kam ihm in den Sinn. Vorsichtig näherte er sich dem Fels. Ihm wurde auf einmal klar, dass er keine Waffe dabeihatte. Wenn Brockmann tatsächlich in der Nähe wäre, müsste er ihn überrumpeln, den Überraschungsmoment nutzen. Instinktiv griff er nach einem Stein, der am Fuße der Felsen lag.

– Besser als gar keine Waffe, dachte er und näherte sich vorsichtig der Felslücke. Langsam, jedes

Geräusch vermeidend, schlich er näher. Dann sah er die Frau, die gefesselt und nackt auf einem großen Stein lag. Wo war der Mann? Er musste in der Nähe sein. In diesem Augenblick ging der Blick der Frau in seine Richtung und sie zuckte mit den Augen. Bitze legte einen Finger auf seine Lippen. Die Frau verstand seine Geste und rollte mit den Augen nach rechts. Jetzt wusste Bitze, wo der Mann – war es Baldur Brockmann? – stand.

Vorsichtig machte Bitze den nächsten Schritt und konnte einen Blick in die Felsöffnung wagen. Da sah er den Mann, der ein Messer in der Hand hielt und knapp einen Meter vor dem Stein stand. Jetzt erkannte Bitze ihn auch wieder. Es war tatsächlich Baldur Brockmann, der Psychopath, der vor einem knappen Jahr Bottrop in Angst und Schrecken versetzt hatte und als ›Grubenteufel‹ bekannt wurde.

Er hatte sich schon verändert, trug die Haare kürzer, sie waren weiß gefärbt und auch seine Körperfülle hatte etwas zugenommen. Aber die Augen, dunkel und stechend, die konnte er nicht verändern. Warum hatte er das auf der Hütte nicht gemerkt? Aber wer konnte denn damit rechnen, dass Brockmann im Kleinwalsertal auftauchen würde?! Nach seiner Flucht auf dem Weg in die Forensik war er von der Bildfläche verschwunden. Jetzt stand er hier, erneut bereit für das Böse.

Foto: Martin Menke

DANK

Bedanken möchte ich mich bei Magnus See, meinem Lektor und Verleger, für das ungebrochene Vertrauen und die Begeisterung in meine Arbeit und bei seinem Mitstreiter Hartmut Marks für die „Blutige Lippe".

Bei meinem Freund Michael Kuchenbecker für die polizeirelevanten Anregungen und Hilfen.

Bei meiner Tochter Lena für ihre redaktionelle Aufarbeitung der Geschichte und bei Ramona und Helmut Unflat für ihre jederzeit liebevolle Aufnahme auf ihrer Alpe.

Rudi Müllenbach

Juni 2019

Rudi Müllenbach

Grubenteufel

Kommissar Bitzes vierter Fall

Als ein syrischer Flüchtling in Bottrop auf offener Straße durch Kopfschuss getötet wird, muss sich Kommissar Udo Bitze mit Staatsanwältin Ellen Schrader auf die Jagd nach einem psychopathischen Heckenschützen machen.

Was weiß der Psychologe Doktor Robert? Welche Rolle spielt ein ehemaliger Zechenkumpel mit posttraumatischer Verbitterungsstörung? Wer ist der „Grubenteufel"? Kommissar Bitze ermittelt zwischen Bottrop, Iserlohn und Oberhausen.

Zeitgleich versucht eine Bande Kleinkrimineller aus dem Ruhrgebiet, in das Geschäft der illegalen Beschaffung und Verschickung edler Luxusautos nach Osteuropa einzusteigen und dieses zu übernehmen. Doch dann machen die Ganoven den Fehler, der falschen Person einen Mustang zu stehlen.

Und als wenn ihm Kippen-Kurt, Knoten-Jürgen und all die anderen Gauner(innen?) nicht schon genug Ärger machten, ist Bitzes neuer junger Kollege von Stiernitz auch nicht das Gelbe vom Ei.

Mit Kommissar Bitzes viertem Fall führt Rudi Müllenbach den Leser tief in die Abgründe der menschlichen Seele.

Taschenbuch, 260 Seiten
ISBN 978-3-940853-59-2
12,00 Euro

Ventura Verlag • Carl-von-Ossietzky-Str. 1, 59368 Werne
Tel. +49–(0)2389–68 96 • www.ventura-verlag.de

Hartmut Marks (Hg.)

Blutige Lippe

Kriminalgeschichten von
Bad Lippspringe bis Wesel

Lupia – Lippa – Lippe. Dieser Fluss hat eine lange und bedeutsame Geschichte. Schon die Römer und Germanen siedelten entlang des 220 Kilometer langen Flusslaufs.
In historischen Orten von der Quelle in Bad Lippspringe über Delbrück, Wadersloh, Lippetal, Hamm, Bergkamen, Werne, Dorsten bis zur Mündung in Wesel spielen die Kriminalgeschichten. So mancher blutige Mord ist geschehen.

In der neuen regional-nationalen Krimireihe werden die dunklen Geheimnisse der Lippe aufgedeckt, die schon oft Zeugin von abscheulichen Verbrechen wurde.
Herausgeber Hartmut Marks hat namhafte Autorinnen und Autoren versammelt, die spannende Geschichten exklusiv zu den Orten an der Lippe verfasst haben.
Seien Sie neugierig – Machen Sie sich auf den Weg!
Entdecken Sie die „Blutige Lippe"!

Mit Kurzgeschichten von:
Nina George, Christine Drews, Gabriella Wollenhaupt, Lucie Flebbe, Regula Venske, Sascha Gutzeit, Heinrich Peuckmann, Gerd Puls und Magnus See

Taschenbuch, 312 Seiten
ISBN 978-3-940853-30-1
10,00 Euro

Ventura Verlag • Carl-von-Ossietzky-Str. 1, 59368 Werne
Tel. +49–(0)2389–68 96 • www.ventura-verlag.de

Hartmut Marks (Hg.)

Blutige Lippe 2

Kriminalgeschichten von Bad Lippspringe bis Wesel

Und wieder geschehen Verbrechen entlang der Lippe! Erneut wird gemordet, gerächt, vergiftet und gemeuchelt in historischen Orten von der Quelle in Bad Lippspringe über Delbrück, Wadersloh, Lippetal, Hamm, Werne, Lünen, Haltern bis zur Mündung in Wesel. Beschauliche Orte, in denen beinahe Unbeschreibliches hinter den verschlossenen Türen geschieht. Nur beinahe unbeschreiblich.

In diesem zweiten Band zur regionalen Krimireihe fassen unsere Krimiautorinnen und Krimiautoren die ebenso ungeheuerlichen wie finsteren Geheimnisse der Lippe in packende Worte. Herausgeber Hartmut Marks hat wieder ein Team versammelt, das spannende Geschichten exklusiv zu den Orten an der Lippe verfasst hat. Lassen Sie sich 220 km den Fluss entlang treiben, von Ostwestfalen über das Münsterland durchs Ruhrgebiet an die Grenze zum Rheinland!

Mit Geschichten von Judith Merchant, Christiane Dieckerhoff, Thomas Schweres, Elke Pistor, Heinrich Peuckmann, Rudi Müllenbach, Gerd Puls und Magnus See

Taschenbuch, 300 Seiten
ISBN 978-3-940853-50-9
10,00 Euro

**Ventura Verlag • Carl-von-Ossietzky-Str. 1, 59368 Werne
Tel. +49–(0)2389–68 96 • www.ventura-verlag.de**

Gabriella Wollenhaupt
Uta Schnabel

Mordsmäßig
weiblich

Kurzgeschichten

Ja, glauben Sie es ruhig: Frauen morden einfach raffinierter als Männer! Dabei gehen sie hinterlistig und verschlagen vor, ja geradezu heimtückisch. Frauen wissen eben, ihre weiblichen Reize einzusetzen, um ihre Ziele zu erreichen und ihre Pläne umzusetzen. Am Ende muss nicht immer eine Leiche anfallen, aber ihre Opfer bleiben gewiss auf der Strecke.

In vierzehn Kurzgeschichten schreibt Gabriella Wollenhaupt über kriminelle Beziehungen, über starke Frauen, über die Bestrafung von untreuen Männern, über Rache, List und Tücke oder über die Tricks von Frauen, die ihre Ziele mit allen Mitteln erreichen wollen. Doch eines muss klar sein: Ihre Zielobjekte sind nicht immer unschuldige Engel!

Uta Schnabel verschönt die Geschichten mit ihren originellen und kunstvollen Bildern, die eine ganz besondere Sichtweise auf die Irrungen und Verwirrungen in kriminellen Beziehungskisten zeigen.

Paperback, 268 Seiten
ISBN 978-3-940853-47-9
12,00 Euro

Ventura Verlag • Carl-von-Ossietzky-Str. 1, 59368 Werne
Tel. +49–(0)2389–68 96 • www.ventura-verlag.de